W9-CYF-086

WITHDRAWN

Nota para los padres y encargados:

Los libros de *Read-it! Readers* son para niños que se inician en el maravilloso camino de la lectura. Estos hermosos libros fomentan la adquisición de destrezas de lectura y el amor a los libros.

 El NIVEL MORADO presenta temas y objetos básicos con palabras de alta frecuencia y patrones de lenguaje sencillos.

 El NIVEL ROJO presenta temas conocidos con palabras comunes y oraciones de patrones repetitivos.

 El NIVEL AZUL presenta nuevas ideas con un vocabulario más amplio y una estructura gramatical más variada.

 El NIVEL AMARILLO presenta ideas más elevadas, un vocabulario extenso y una amplia variedad en la estructura de las oraciones.

 El NIVEL VERDE presenta ideas más complejas, un vocabulario más variado y estructuras del lenguaje más extensas.

 El NIVEL ANARANJADO presenta una amplia de ideas y conceptos con vocabulario más elevado y estructuras gramaticales complejas.

Al leerle un libro a su pequeño, hágalo con calma y pause a menudo para hablar acerca de las ilustraciones. Pídale que pase las páginas y que señale los dibujos y las palabras conocidas. No olvide volverle a leer los cuentos o las partes de los cuentos que más le gusten.

No hay una forma correcta o incorrecta de compartir un libro con los niños. Saque el tiempo para leer con su niña o niño y transmítale así el legado de la lectura.

Adria F. Klein, Ph.D.
Profesora emérita, California State University
San Bernardino, California

Managing Editor: Bob Temple
Creative Director: Terri Foley
Editor: Brenda Haugen
Editorial Adviser: Andrea Cascardi
Copy Editor: Laurie Kahn
Designer: Melissa Voda
Page production: The Design Lab
The illustrations in this book were created in watercolor and pencil.
Translation and page production: Spanish Educational Publishing, Ltd.
Spanish project management: Jennifer Gillis/Haw River Editorial

Picture Window Books
5115 Excelsior Boulevard
Suite 232
Minneapolis, MN 55416
1-877-845-8392
www.picturewindowbooks.com

Printed in the United States of America.

Library of Congress Cataloging-in-Publication Data
Blair, Eric.
[Bremen town musicians. Spanish]
Los músicos de Bremen : versión del cuento de los hermanos Grimm / por Eric Blair ;
ilustrado por Bill Dickson ; traducción, Patricia Abello.
p. cm. — (Read-it! readers)
Summary: While on their way to Bremen, four aging animals who are no longer
of any use to their masters find a new home after outwitting a gang of robbers.
ISBN 1-4048-1628-3 (hard cover)
[1. Fairy tales. 2. Folklore—Germany. 3. Spanish language materials.] I. Grimm, Jacob,
1785-1863. II. Grimm, Wilhelm, 1786-1859. III. Dickson, Bill, ill. IV. Abello, Patricia.
V. Bremen town musicians. VI. Title. VII. Series.

PZ74.B42755 2005
398.2—dc22
[E]   2005023476

Los músicos de Bremen

Versión del cuento de los hermanos Grimm

por Eric Blair
ilustrado por Bill Dickson

Traducción: Patricia Abello

Con agradecimientos especiales a nuestras asesoras:

Adria F. Klein, Ph.D.
Profesora emérita, California State University
San Bernardino, California

Kathy Baxter, M.A.
Ex Coordinadora de Servicios Infantiles
Anoka County (Minnesota) Library

Susan Kesselring, M.A.
Alfabetizadora
Rosemount-Apple Valley-Eagan (Minnesota) School District

PICTURE WINDOW BOOKS
Minneapolis, Minnesota

Los hermanos Grimm

Los hermanos Jacob y Wilhelm Grimm se pusieron a reunir cuentos viejos de su país, Alemania, para ayudar a un amigo. El proyecto se suspendió por un tiempo, pero los hermanos no lo olvidaron. Años después, publicaron el primer libro de los cuentos de hadas que oyeron. Hoy día, esos cuentos todavía entretienen a niños y adultos.

Érase una vez un asno viejo y débil.
Su dueño decidió deshacerse de él.

El asno sabía lo que su dueño
pensaba hacer. Decidió huir para
salvarse. Se fue a Bremen con la idea
de unirse a la orquesta del pueblo.

En el camino, el asno vio a un perro viejo.

El perro dijo: —Soy muy viejo para cazar.
Mi amo quiere deshacerse de mí.
¿Qué puedo hacer?

—Ven conmigo —dijo el asno—.
Voy a unirme a la orquesta de Bremen.
Yo tocaré el laúd. Tú puedes tocar
el tambor.

El asno y el perro siguieron juntos
por el camino.

8

Al poco rato vieron a un viejo gato.
—¿Qué te pasa? —preguntó el asno.

—Mi ama trató de ahogarme —dijo el gato—. Soy muy viejo para cazar ratones. Me la paso ronroneando. ¿Adónde iré?

9

—Ven con nosotros —dijo el asno—.
Puedes ser el cantante de la orquesta.

Así que el gato se unió al perro y al asno.

Entonces los animales se encontraron
con un gallo. Estaba sentado en la cerca
de una granja.
—Quiquiriquí —cantó tristemente el gallo.

—¡Qué ruido tan horrible! —dijo el asno—.
¿Qué te pasa?

—Canto mientras pueda —dijo el gallo—.
Mi ama le dijo a la cocinera que me
pusiera en la sopa. ¿Qué haré?

—Cualquier lugar es mejor que la olla de la sopa —dijo el asno—. Ven con nosotros.

Así que el asno, el perro, el gato y el gallo se fueron juntos a Bremen.

BREMEN

Cuando se hizo de noche, los animales pararon a descansar en el bosque. El gallo voló a la copa de un árbol y vio una casa iluminada.

—Es un buen lugar para dormir —dijo el asno.
Los animales fueron a la casa.

Al mirar por la ventana, los animales
vieron una mesa llena de comida.
Una banda de ladrones estaba cenando.

Los animales idearon un plan para
espantar a los ladrones.

El asno se paró con las patas delanteras contra la ventana. El perro saltó al lomo del asno. El gato saltó encima del perro. El gallo se paró en el cuello del gato.

Contaron juntos en voz baja: "Uno, dos, tres". Y al mismo tiempo, el asno rebuznó, el perro ladró, el gato maulló y el gallo cantó "quiquiriquí".

Los ruidosos animales se metieron por la ventana.

Aterrorizados, los ladrones huyeron al bosque.

Los animales se sentaron a la mesa
y se comieron la cena de los ladrones.
Al terminar, apagaron las luces y se
acostaron a dormir.

Los ladrones vigilaban la casa.
Vieron cuando se apagaron las luces.

El jefe de los ladrones le ordenó a uno de
ellos que fuera a la casa a dar un vistazo.

El ladrón entró en la oscura casa. Vio los feroces ojos rojos del gato. Pensó que eran carbones que ardían en la chimenea.

El gato le saltó encima al ladrón, gruñó y le arañó la cara.

El ladrón corrió a la puerta de la cocina.
El perro saltó y le mordió una pierna.

Cuando el ladrón escapaba por el patio,
el asno lo pateó. El gallo chilló:
—¡Quiquiriquí!

El ladrón corrió despavorido. Regresó
al bosque y le contó a su jefe lo que
le pasó.

—Primero, una bruja terrible gruñó
y me arañó con sus largas uñas
—dijo el ladrón.

—Luego, un hombre vino por detrás de la puerta y me clavó un cuchillo en la pierna.

—Después, un monstruo me golpeó
y un juez gritó "¡Tráiganme al rufián!"
—dijo el ladrón—. Salí corriendo de ahí.
Ese lugar es horrible.

Los ladrones nunca volvieron a la casa.
Y los cuatro músicos de Bremen vivieron
felices para siempre en su nueva casa.

Más *Read-it! Readers*

Con ilustraciones vívidas y cuentos divertidos da gusto practicar la lectura. Busca más libros a tu nivel.

CUENTOS DE HADAS Y FÁBULAS

La bella durmiente	1-4048-1639-9
La Bella y la Bestia	1-4048-1626-7
Blanca Nieves	1-4048-1640-2
El cascabel del gato	1-4048-1615-1
Los duendes zapateros	1-4048-1638-0
El flautista de Hamelín	1-4048-1651-8
El gato con botas	1-4048-1635-6
Hansel y Gretel	1-4048-1632-1
El léon y el ratón	1-4048-1623-2
El lobo y los siete cabritos	1-4048-1645-3
El patito feo	1-4048-1644-5
El pescador y su mujer	1-4048-1630-5
La princesa del guisante	1-4048-1634-8
El príncipe encantado	1-4048-1631-3
Pulgarcita	1-4048-1642-9
Pulgarcito	1-4048-1643-7
Rapunzel	1-4048-1636-4
Rumpelstiltskin	1-4048-1637-2
La sirenita	1-4048-1633-X
El soldadito de plomo	1-4048-1641-0
El traje nuevo del emperador	1-4048-1629-1

¿Buscas un título o un nivel específico? La lista completa de *Read-it! Readers* está en nuestro Web site:
www.picturewindowbooks.com